Directora de la colección:
Mª José Gómez-Navarro

Equipo editorial:
Violante Krahe
Juan Nieto
Lupe Rodríguez

Dirección de arte:
Departamento de imagen y diseño

Diseño de la colección:
Manuel Estrada

Carretera de Madrid, km. 315,700
50012 Zaragoza
Teléfono: 913 344 883
www.edelvives.es

ISBN: 84-263-5201-4
Depósito legal: Z. 2657-04

Talleres Gráficos Edelvives (50012 Zaragoza)
Certificados ISO 9001
Printed in Spain

Novela ganadora del
XIV Premio Ala Delta de Literatura Infantil

El jurado se reunió el 5 de septiembre de 2003.
Estaba compuesto por Blanca Álvarez, Luisa Mora,
Marina Navarro, Ana Mª Navarrete Curbelo
y Mª José Gómez-Navarro.

Prólogo

Cuando eres un niño estás sumergido en el mar de la imaginación. Unas veces rozas el fondo marino mientras nadas, otras buceas alrededor de los peces y las ballenas, pero, la mayor parte del tiempo, simplemente te dejas llevar por la corriente.

Al final creces. Lentamente haces pie, y el agua te empieza a llegar por el cuello, luego por la cintura, después por los tobillos, hasta que el mar se hace tan pequeño que es solo un charco que te moja los zapatos.

Algunos dicen que si llenas un vaso con esa agua y te la bebes, vuelves a sumergirte y a ser el niño que fuiste.

Otros, sencillamente, nunca dejan de nadar.

LUIS
ES DEMASIADO PEQUEÑO
Y DEMASIADO GRANDE

Luis es demasiado pequeño para conducir un cohete espacial y demasiado grande para comer pasteles de tierra.

Luis es demasiado pequeño para luchar contra los dragones y demasiado grande para correr desnudo por la casa.

Luis es demasiado pequeño para escalar la montaña más alta del mundo y demasiado grande para no comerse toda la comida.

Luis es demasiado pequeño para conquistar la Atlántida y demasiado grande para ponerse los calzoncillos por encima de los pantalones.

Luis es demasiado pequeño para cazar vampiros y demasiado grande para dormir con la luz encendida.

Luis es demasiado pequeño para conocer el significado de la palabra «esternocleidomastoideo» y demasiado grande para no saber atarse los cordones de los zapatos.

Luis es demasiado pequeño para unas cosas y demasiado grande para otras.

Bárbara
y las olas

Bárbara se sentó a la orilla del mar y empezó a contar las olas, porque pensaba que las olas llegan a la playa sin que nadie les haga caso; y cada ola es única, nunca más vuelven y nadie se fija en ellas.

Una.
Dos.
Tres.

Su madre le trajo un bocadillo y ella perdió la cuenta. Empezó a contar de nuevo mientras comía.

Una.
Dos.
Tres.
Cuatro.

Pasó un avión por encima de la playa que la despistó, así que tuvo que empezar de nuevo.

Una.

Dos.

Tres.

Cuatro.

Cinco.

Sus amigos trajeron un balón para jugar y ella se fue con ellos porque estaba harta de contar.

Las olas llegaron a la playa, y cada ola era única, y nadie se fijaba en ellas.

Lucía
y su sombra

La sombra de Lucía hace lo que le da la gana, y eso a ella le pone muy furiosa. Da igual que Lucía le advierta, le chille o le amenace; sabe que en el momento más inoportuno su sombra le va a jugar una mala pasada.

Si camina por el patio del colegio, la sombra se alarga y alarga como si ella fuera una giganta.

Si pasa junto a una pared, la sombra se comprime como si ella fuera una enana.

Si corre al lado de los árboles, la sombra salta y cambia de forma a cada momento como si ella fuera de distintos tamaños a la vez.

Si se va a dormir y apaga la luz de su habitación, la sombra desaparece por completo, como si ella no existiera.

Pero Lucía sabe que está ahí, junto a ella. Y eso, en el fondo —por mucho que se enfade a veces con su sombra—, la tranquiliza.

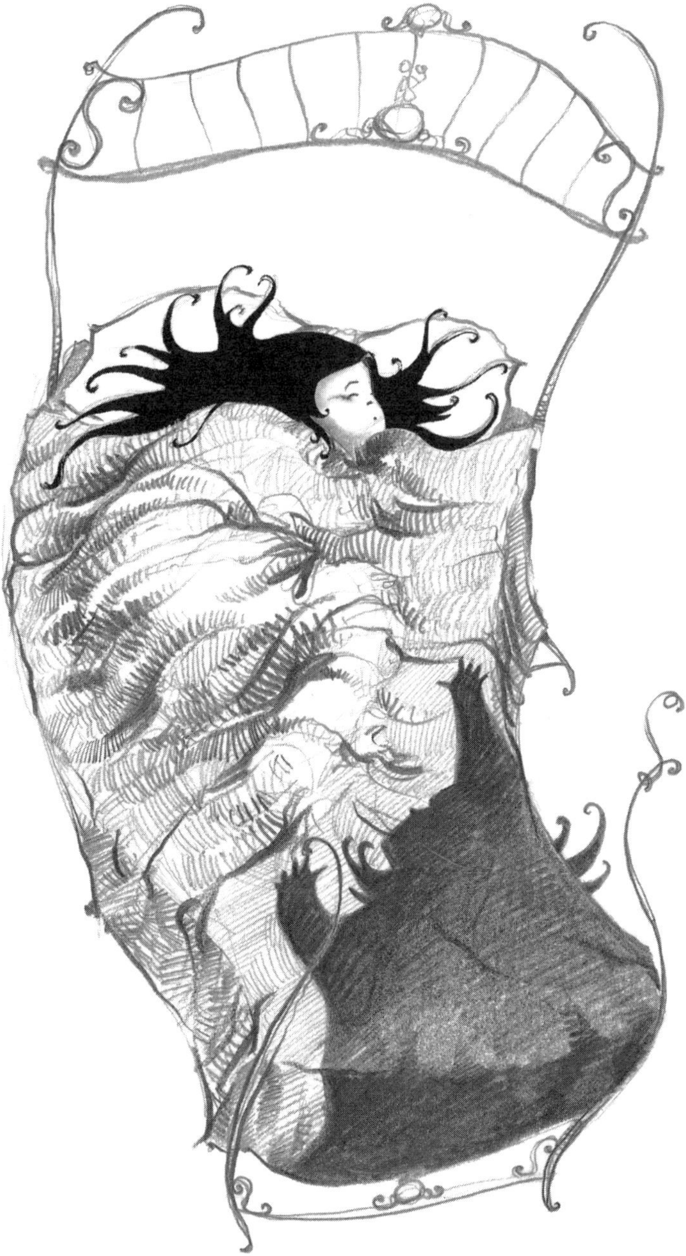

FABIÁN
NO SABE PERDER

PARCHÍS

BALONCESTO

AJEDREZ

MONOPOLY

TÚ-LA-LLEVAS

FÚTBOL

PIEDRA, PAPEL O TIJERA

DAMAS

INDIOS Y VAQUEROS

BALONMANO

Fabián no sabe perder a todos
estos juegos y a muchos más.
Se enfada muchísimo y fastidia
el juego a los demás niños.
Es normal que nadie quiera jugar con él.

Patricia

y las cosas que le gustan

A Patricia le gusta ir en bicicleta y notar cómo el viento pasa a toda velocidad por su cara; tanto que tiene que entrecerrar los ojos para poder ver, y le sale una lágrima a cada lado.

A Patricia le gusta soplar por la pajita del refresco y hacer burbujas hasta que toda la parte del vaso donde no hay refresco es un montón de burbujas.

A Patricia le gustan las almendras saladas, pero solo las enteras, las que están por la mitad las deja en el plato.

A Patricia, cuando es de noche, le gusta ir tumbada en el asiento de atrás del coche de su padre, y mirar por la ventanilla cómo pasan las estrellas, hasta que se duerme.

A Patricia le gusta colorear haciendo una raya de color fuerte alrededor del dibujo y luego pintando más suave, del mismo color, lo de dentro.

A Patricia le gusta comerse el helado de vainilla solo, sin nueces ni virutas de chocolate por encima, y con una cuchara pequeñita para que le dure más.

A Patricia le gusta Víctor, pero a Víctor no le gusta Patricia. Si Víctor la conociera tan bien como nosotros la conocemos después de leer este texto, seguro que a él también le gustaría. Él se lo pierde.

Algunos
dicen que cuando eres
niño te parece que la luna
se mantiene misteriosamente
quieta, suspendida en el cielo, y
hay noches que da la impresión
que puedes tocarla. Una noche
Rafa se dio cuenta de que podía
coger la luna, que estaba muy
a mano, y la escondió
en un gran cajón.

RAFA

CONSIGUE LA LUNA

Ernesto

es el dueño del balón

Ernesto es el dueño del balón. Cuando los chavales juegan al fútbol y a Ernesto no le gusta cómo va el partido, coge su balón y se lo lleva a casa, dejando a todos los niños con un palmo de narices. Da igual que le digan que no es justo, él tiene el poder y lo usa como quiere.

Llegó la Navidad, y después los Reyes Magos. Al día siguiente, Ernesto fue al patio del colegio con su balón, pero el espectáculo que vio le dejó sin habla: todos y cada uno de los niños tenían un balón nuevecito.

Lo malo fue que, en vez de jugar, sin más —ya que tenían balones de sobra—, todos querían el poder que les daba ser el dueño del balón, como Ernesto, y que se hiciera lo que a ellos les apetecía.

Al final, los veinte niños jugaron cada uno por su lado, solos, y todos eran los dueños de su balón, pero ya no había juego al que jugar.

ALBERTO
Y LA NIEVE

La primera vez que Alberto vio nevar creyó que el cielo estaba hecho de agua, que se había congelado y que ahora caía en forma de copos sobre la ciudad.

«Qué bien —pensó Alberto—, cuando caiga toda la nieve que hay allá arriba podré saber lo que siempre he querido saber: qué es lo que hay detrás del cielo.»

Esperó
y
esperó.

Nevó
y
nevó,

y, cuando paró de nevar, Alberto miró hacia arriba y supo por fin lo que había detrás del cielo.

Más cielo.

SALVA

DIBUJA

Salva dibuja muy bien. Las cosas parece que cobren vida cuando él las retrata, y a veces es así.

Una vez, dibujó un gallo que dijo «kikirikí».

Otra vez, pintó un coche que arrancó y salió del papel.

En una ocasión, hizo unas flores y las abejas vinieron a libar el polen.

Dibujó una nube tan real, que se puso a llover y mojó toda la mesa.

Hizo el dibujo tan perfecto de un laberinto, que su gato se metió dentro y nunca más se supo de él.

Desde entonces, no ha vuelto a dibujar.

Carmencita
y los patos

«Cuac, cuac, cuaccuaccuac, cuaccuac, cuac, cuaccuac, cuac, cuac, cuac, cuaccuaccua-cuac, cuac, cuaccuac, cuac, cuac cuaccuac, cuac cuac cuac, cuaccuac.»

Esto es lo que Carmencita le decía a los patos del parque creyendo que hablaba su idioma.

Los patos la miraban extrañados y pensaban: «¿Qué estará diciendo esta niña?».

Fredy
QUIERE SER ASTRONAUTA

Fredy
quiere ser
astronauta y
viajar a la Luna,
flotar en el espacio
y tocar las estrellas,
conocer a los seres de
los planetas lejanos, y
mirar a la tierra desde
millones de kilómetros,
descubrir galaxias que
aún no se conocen y
conquistar mundos
que nadie imagina.
Quiere ser astronauta,
ese es su sueño.
Solo le falta
para poder cumplirlo
que alguien le alquile
una nave espacial.

María José
y su muñeca Ruby

María José tiene una muñeca de trapo que se llama Ruby.

María José y Ruby tienen la misma edad, porque su padre le compró la muñeca nada más nacer.

María José se lleva a Ruby a todas partes y no se separa de ella. Por el día juega con la muñeca a un montón de cosas, por la noche le hace compañía en la cama cuando tiene miedo.

Ruby está vieja y un poco rota, y su madre le dice a la niña que debería tirarla, pero María José responde:

—¿Cómo puedes tirar a la basura algo que tiene nombre propio?

Y su madre no sabe qué contestar.

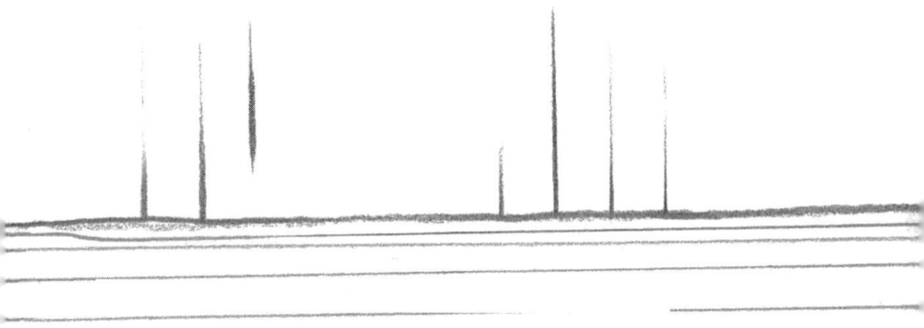

Vicente
y los animales

Vicente siempre dice que le gustan mucho los animales. Más bien le gusta mucho molestar a los animales, eso es lo que piensa su prima Raquel. Y efectivamente: cuando Vicente —que es un niño bastante desagradable— fue al zoo, se dedicó a asustar a las gacelas, incordiar a los simios y hacer la vida imposible a los elefantes.

Una noche que cenó mucha pizza, Vicente tuvo una pesadilla: estaba encerrado en una jaula del zoo. Todos los visitantes eran animales vestidos como personas: gorilas, cebras, papagayos, leones, focas... Todos excepto su prima Raquel que, en vez de ayudarle a escapar, se dedicó a asustarle, incordiarle y a hacerle la vida imposible. Se despertó sudando.

Al día siguiente, cuando fueron al circo, Vicente se comportó de una manera educada y respetuosa con los animales, lo que extrañó mucho a su prima Raquel.

Pero lo que más le extrañó fue que saliera corriendo y gritando cuando entró en la pista un monito vestido con traje.

Javi
y los espejos

A Javi no le gusta mirarse en los espejos porque no sabe de quién es la cara que hay al otro lado. «Se supone que es la mía —dice enfadado—, pero cuando muevo la mano derecha, en el espejo se mueve la izquierda; cuando guiño el ojo izquierdo, el del espejo guiña el derecho; y cuando pongo un libro delante del espejo, no se puede leer, y así no hay quién se aclare.»

Por eso, Javi se enfada y saca la lengua y hace burla al del espejo. Y el del espejo le responde haciendo lo mismo. Pero al revés.

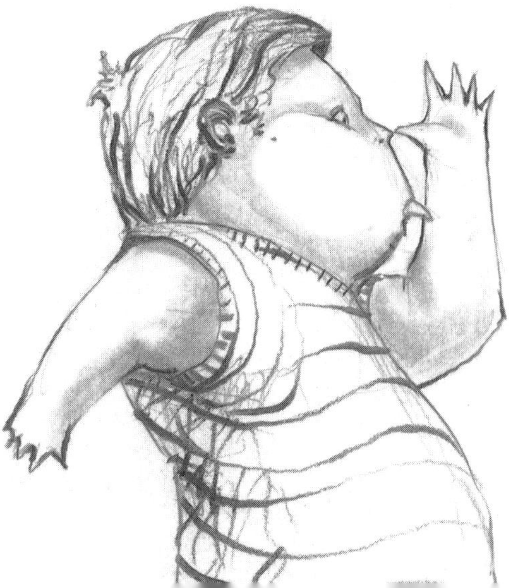

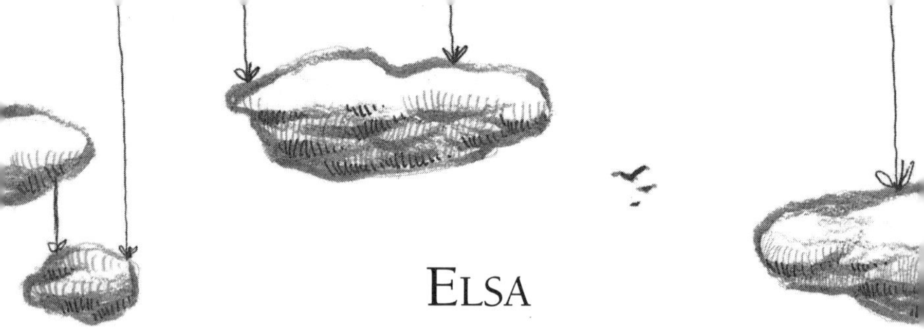

Elsa
y los porqués

Elsa tiene muchas preguntas que hacer a los mayores y ellos no siempre tienen la respuesta o no saben responder.

¿Por qué las nubes no se caen del cielo?

¿Por qué los perros no pueden hablar como las personas cuando te miran con esa cara que parece que estén a punto de decirte algo?

¿Por qué hay que dormir todas las noche en vez de estar una semana despiertos y otra semana durmiendo?

¿Por qué vivimos en casas y no en hormigueros, o en los árboles, o en el fondo del mar, o en el espacio exterior, o dentro de un zapato gigante?

¿Por qué me llamo Elsa y soy yo, y estoy aquí, y no soy otra persona?

¿Por qué andamos con las piernas y no con las manos o las orejas, y por qué tenemos dos ojos y una boca y no dos bocas y un ojo?

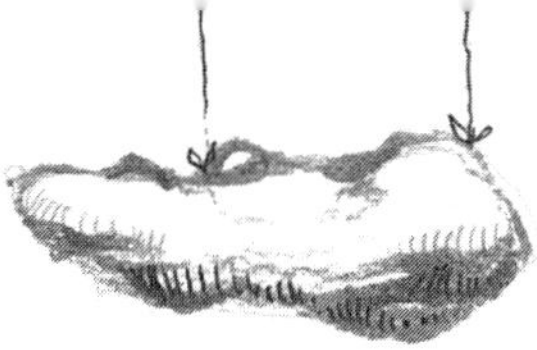
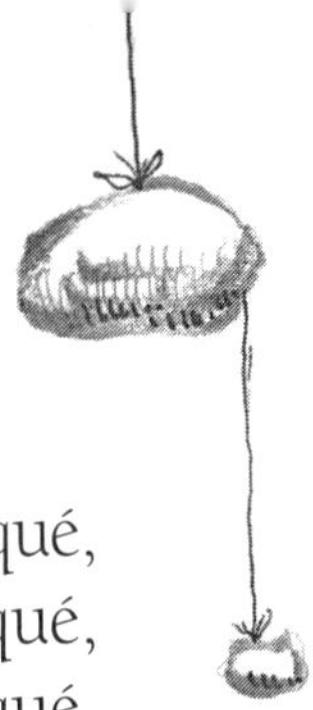

¿Por qué, por qué...

Los mayores, a los que no les gustan mucho los porqués, suelen responder: «¿Por qué no te vas a jugar fuera?».

Pero a Elsa todavía le quedan muchos porqués que preguntar.

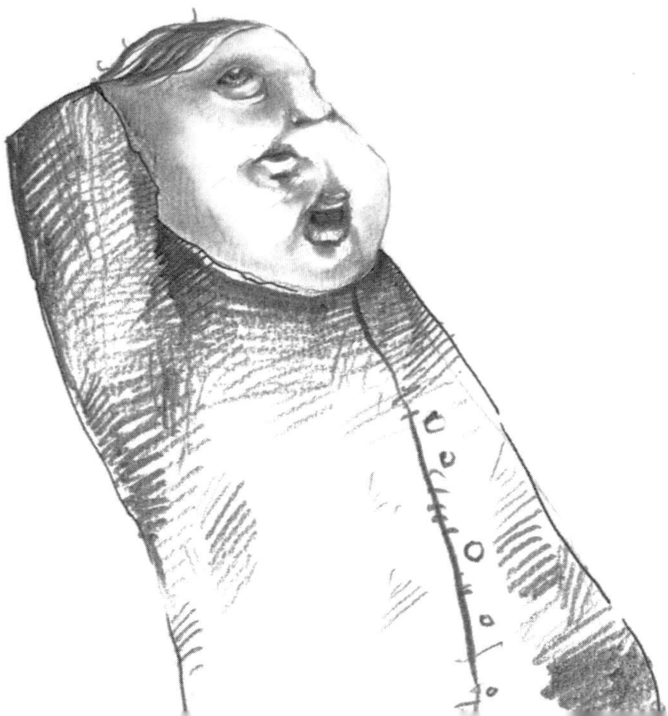

Fabiola
y la lluvia

A
Fabiola
le
gusta
ver
llover
por
la
ventana
de
su
cuarto
en
los
días
húmedos
y
grises.

«La
lluvia
limpia
las
calles
y
riega
los
campos,
pero
deja
raro
el
corazón»,
piensa
Fabiola
mirando
afuera.

Fabiola
escucha
música
triste
cuando
llueve
porque
parece
que
la
música
triste
es
la
adecuada
para
la
lluvia.

«Sin embargo –piensa Fabiola–, no estoy triste, porque cuando estoy triste me siento mal y esto es distinto.»

«Esto se llama me-lan-co-lía», le dijo la lluvia detrás de la ventana. Y Fabiola casi sonrió.

Lola

y las estaciones del año

En **invierno**, Lola lleva tanta ropa de abrigo que solo se le ve la nariz. Se imagina que está en el Polo Norte rodeada de pingüinos, osos marinos y cascotes polares.

En **primavera**, Lola lleva un paraguas rojo que, cuando hace viento, parece que se la va a llevar volando. Se imagina que el paraguas la transporta a países lejanos, tan lejanos que ella no sabe ni pronunciarlos.

En **verano**, Lola se pone un bañador de colores y ya no se lo quita hasta que no se acaban las vacaciones. Se imagina que cuando se mete en el agua es el mismo agua que tienen todos los mares del mundo.

En **otoño**, Lola tiene una chaqueta del color de las hojas que se caen de los árboles. Se imagina que las raíces de esos árboles pasan por debajo de la ciudad, y por debajo de todos los países, y se convierten en otros árboles al otro lado del planeta.

Para la mayoría de los niños las estaciones son una cuestión de frío o calor. Para Lola es una ocasión como otra cualquiera de hacer el viaje de su vida.

Alfredo
y la carrera de tortugas

Alfredo montó en su colegio una carrera de tortugas.

Tenía cinco tortugas preparadas para la competición. Eran:

Veloz Supersónica Fórmula 2

Imparable Temeraria

Hizo una pista en el campo de fútbol, colocando la meta en un extremo y la salida en el otro.

Los niños apostaron por cuál de las tortugas sería la primera en llegar a la meta.

La favorita era *Imparable*.

¡La carrera duró dos semanas!

La ganadora fue *Supersónica*.

Emplearon quince kilos de lechuga en dar de comer a las corredoras.

A la semana siguiente, Alfredo propuso una nueva competición: una carrera de lombrices de tierra.

Nadie quiso saber nada del asunto.

Julio
y su gato Robespierre

Cuando Julio aprendió a leer descubrió que las letras se convertían en palabras y las palabras se convertían en cosas.

«Es extraño que *gato* sea un gato y no una nube, un coche o una feria —pensó Julio—. También es muy raro que *gato* signifique cualquier gato, y no este gato naranja, un gato siamés o mi gato, que se llama Robespierre. Si los gatos supieran leer y escribir lo hubieran hecho de otra manera, seguro.»

Julio se empeñó en enseñar a leer a su gato Robespierre. Al principio fue complicado: los gatos son muy suyos y es difícil sacar provecho de ellos; no como los perros, que son más fáciles de manejar. Pero el minino comenzó a entender cómo funcionaba el asunto: su amo le recortaba letras y le hacía formar palabras empujándolas con sus patitas. Tardó mucho tiempo, pero al final Robespierre empezó a diferenciar las letras, y después las palabras. Igual que Julio.

Cuando parecía que había entendido cómo funcionaba el lenguaje, Julio le dijo que escribiera la palabra *gato*. Pensó que, por fin, sabría como se escribe *gato* en el lenguaje de los felinos. Con su patita Robespierre buscó la *g*, luego la *a*, la *t* y la *o*: *gato*.

Julio se quedó muy desilusionado.

Tomás

TIENE MUCHA IMAGINACIÓN

Tomás es el niño con más imaginación del mundo.

Tiene tanta, tantísima imaginación, que no se puede ni contar lo que imagina porque es inimaginable.

Así que he puesto aquí este marco para que imagines dentro de él la cosa más inimaginable del mundo.

Así sabrás más o menos lo que imagina Tomás.

Óscar

y las chicas

Óscar dio un beso a Marta en el patio del colegio y le dijo que eran novios.

Marta se puso muy contenta y se lo dijo a su amiga Mari Ángeles.

Mari Ángeles, muy sorprendida, dijo a Marta que Óscar también le había dado un beso a ella y también le había dicho que eran novios, lo que enfadó mucho a Marta y a Mari Ángeles.

Sonia, que había escuchado por casualidad la conversación entre Marta y Mari Ángeles, dijo que Óscar también le había dado un beso a ella y también le había dicho que eran novios, lo que enfadó mucho mucho a Marta, a Mari Ángeles y a Sonia.

Silvia, que pasaba por allí, se enteró de todo lo ocurrido y dijo a Marta, a Mari Ángeles y a Sonia que a ella también le había dado un beso Óscar y también le había dicho que eran novios, lo que enfadó mucho mucho mucho a Marta, a Mari Ángeles, a Sonia y a Silvia.

Marta, Mari Ángeles, Sonia y Silvia fueron las cuatro juntas al patio del colegio para hablar muy seriamente con Óscar.

Se lo encontraron dándole un beso a Paula y diciéndole que eran novios.

Raúl

DA VUELTAS

Un día Raúl se puso a dar vueltas sobre sí mismo con los brazos extendidos, y vio pasar el mundo a su alrededor convertido en formas y colores, hasta que no tuvo ni idea de dónde estaba. Empezó a marearse, se paró y, durante unos breves instantes, su cabeza siguió dando vueltas en su interior, como si no hubiera acabado de dar las mismas vueltas que el cuerpo. Pasado un momento, el mundo volvió a marchar a la misma velocidad de siempre, pero Raúl se preguntó si él había hecho girar el mundo o había sido el mundo él que le había hecho girar a él.

Ramón

ESTÁ SOLO

Ramón estaba tan solo que le dolía.

Su dolor se convirtió en un niño igual que Ramón, pero en blanco y negro.

A partir de ese momento, Ramón se acercaba a los niños que veía solos. Pensaba que ellos no sabrían convertir su dolor en un niño, como él había hecho.

Pero cuantos más niños conocía, más se difuminaba el Ramón en blanco y negro. Hasta que finalmente desapareció por completo.

Para entonces Ramón ya tenía la compañía de los otros niños.

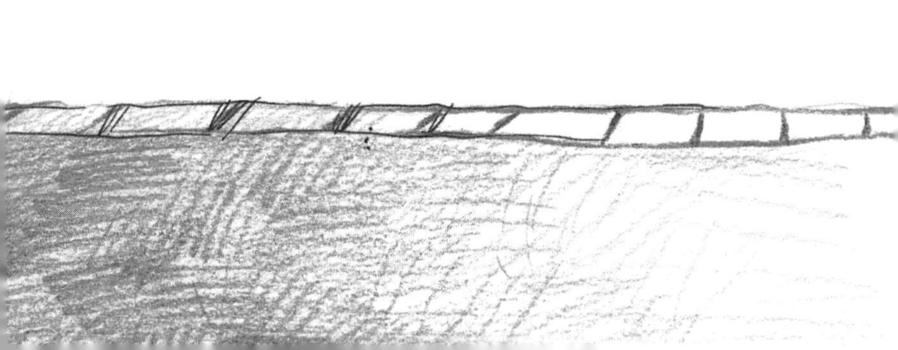

Gabriela
tiene miedo

Cuando es de noche y está la luz apagada, Gabriela, metida en su cama y tapada con la sábana y la manta hasta la nariz, siente un poco de miedo y no sabe por qué.

«Es la misma habitación que cuando está la luz encendida —piensa Gabriela— y, sin embargo, sin luz, la siento distinta, como si la oscuridad la cambiara, como si no supiera que a la derecha está la silla, junto a mi cama la mesita de noche, y en la pared de enfrente la ventana. Parece como si la oscuridad ocultase cosas malas, cuando lo más seguro es que no esconda nada. Lo más probable es que esconda cosas buenas, porque conozco muy bien mi habitación y cuando hay luz nunca he encontrado nada que diera miedo.»

Y Gabriela pusó todo su empeño: «Es tan fácil imaginar en la oscuridad cosas de miedo, como cosas bonitas o cosas de risa».

Desde el salón de su casa, la madre de Gabriela escuchó las risas de su hija.

ELVIS

HABLA EN VERSO

Elvis suele hablar en verso
y nadie se extraña por eso.
Cuando pide la comida
lo hace siempre en poesía:
«Quiero un helado de nata
y un poco de aquella tarta,
chocolate que no falte
por no quedarme con hambre,
unos cuantos caramelos
porque siempre están muy buenos,
y de postre unas natillas,
para acabar la comida».
Su madre le respondía
con la misma cortesía:
«De primero hay lentejas,
si las comes, no las dejas,
de segundo hay coliflor,
si te la comes, mejor,
de postre tenemos flan
que nunca te comerás
si no te comes enteros
los platos que van primero».

Pablo

es el abusón del patio

Pablo es el abusón del patio y los demás niños le tienen miedo. Hace lo que le da la gana: te quita el bocadillo y, si le dices algo, te pega un golpe.

Un día todos los niños se pusieron de acuerdo y plantaron cara a Pablo.

«¡Podrás pegar a un niño, podrás pegar a dos, incluso podrás pegar a tres, pero no podrás pegar a todos a la vez!», le dijeron.

Pablo se vio rodeado de niños que lo miraban y que no decían nada y que no hacían nada.

Pablo se enfadó.

Pegó a un niño.

Pegó a dos.

Pegó incluso a tres.

Pero no pudo pegar a todos los niños.

Pablo se vio rodeado de niños que lo miraban sin decir nada y sin hacer nada.

Y todos lo miraban como si él fuera el malo.

Y lo era.

Y Pablo no supo a quién pegar, no supo a quién mirar, no supo qué decir, no supo qué hacer. Y se echó a llorar.

CÉSAR

SIEMPRE LLEGA TARDE

César siempre llega tarde y sus amigos ya no saben qué hacer con él: cuando tienen un partido, él se presenta con dos horas de retraso, y el equipo ha perdido por su culpa, porque han tenido que jugar con un jugador de menos; cuando van al cine tienen que esperarlo y entran cuando la película está empezada; si quedan para tomar un helado, Cesar llega cuando ya está derretido.

La única vez que César hizo bien en llegar tarde fue en el cumpleaños de Jaime: los niños se comieron la tarta de coco —que no estaba en buen estado— y a todos les sentó muy mal, excepto a César, que llegó cuando ya habían soplado las velas y no quedaba ni un poquito.

A partir de entonces, César decidió no llegar nunca a tiempo.

Y se perdió algunas de las cosas malas de la vida, pero también bastantes de las cosas buenas.

NURIA
Y LA ROPA

Nuria tiene una ropa distinta para cada estado de ánimo.

Cuando está triste se pone su traje negro, que se convierte en verde según se le va pasando la tristeza.

CuandO quiere pensar se pOne un gOrrO redOndO cOmO una pecera para que nO se le escapen las ideas, y sus pensamientOs sOn cOmO peces en el mar de su imaginaciÓn.

Cuando tiene hambre se coloca un gran babero a rayas donde caben manchas de todos los sabores.

Cuando está enfadada se viste con un traje rojo y amarillo como el fuego, para que se quemen todos los que se acerquen, y se vayan y la dejen en paz.

Cuando está contenta se abrocha la camisa más floreada de la tienda, y va llenando de rosas y violetas su paseo.

Cuando va a la playa lleva su bañador azul para que los tiburones la confundan con el mar.

Cuando no sabe cómo se siente, se pasa horas y horas frente a su armario sin saber qué ponerse, hasta que se da cuenta de que no saber lo que sientes es como estar desnudo.

.PALABRA
ÚLTIMA
LA
HASTA
ACABAS
NO
Y
PELDAÑO
PRIMER
EL EN
EMPIEZAS

:ESCALERA
UNA
SUBIR
COMO
ES
CUENTO
UN
LEER
QUE
PIENSA
PAULA

ESCALERA LA SUBE PAULA

Daniel
y los sueños

Hay sueños que dan vértigo,
como soñar que te caes al vacío.

Hay sueños que dan vergüenza,
como soñar que estás desnudo
en medio del patio del colegio.

Hay sueños que dan ganas de luchar,
como soñar que eres un caballero
andante con armadura.

Hay sueños que dan mucha risa
y luego mucha rabia,
como soñar con el mejor chiste del mundo
y no acordarte de él cuando te despiertas.

Hay sueños que dan alegría,
como soñar que ya es Navidad
en pleno verano.

Hay sueños que dan picores,
como soñar con diez millones de hormigas.

Daniel piensa que lo bueno de los sueños
es que antes de dormirte nunca sabes
lo que vas a soñar.

Amanda

TIENE EL OLFATO DE UN PERRO

Snif, snif, snif, snif...

Amanda nació con el olfato de un perro: si le echas el aliento, sabe lo que cenaste ayer.

Snif, snif, snif, snif...

Amanda nació con el olfato de un perro: no puedes jugar con ella al escondite porque te encuentra por el olor que desprendes.

Snif, snif, snif, snif...

Amanda nació con el olfato de un perro: sabe si tu bocadillo es de mortadela o de atún antes de que lo saques de la mochila.

Snif, snif, snif, snif...

Amanda nació con el olfato de un perro: ella huele si estás triste o estás contento, si te duele algo o estás enfadado.

Snif, snif, snif, snif...

Amanda nació con el olfato de un perro.

Podrías pensar que eso es una desgracia, pero ella se lo toma con buen humor y, si ese tipo de cosas te las tomas así, acaban siendo, sin duda, un regalo.

CAROLINA
Y SUS AMIGAS

Carolina es amiga de Gema que es amiga de Noemí que es amiga de Yolanda que es amiga de Susana que es amiga de Julia, pero Susana no es amiga de Noemí, Julia no es amiga de Gema y Yolanda no es amiga de Carolina.

Así que...

Cuando Carolina queda con Gema y las dos llaman a Noemí, no pueden llamar a Yolanda porque no es amiga de Carolina —aunque es amiga de Noemí y de Gema—, no pueden llamar tampoco a Julia porque no es amiga de Gema, ni pueden llamar a Susana porque no es amiga de Noemí —aunque Julia es amiga Noemí y Carolina, y Susana es amiga de Gema y Carolina.

Cuando Carolina queda con Gema y las dos llaman a Susana, no pueden llamar a Yolanda porque no es amiga de Carolina —aunque es amiga de Susana y de Gema—, no pueden llamar tampoco a Julia porque no es amiga de Gema, ni pueden llamar a Noemí porque no es amiga de Susana —aunque Julia es amiga de Susana y Carolina, y Noemí es amiga de Gema y Carolina.

Evidentemente, sería mucho más fácil que todas fueran amigas. Por lo menos para que pudiéramos entender esta historia.

Marisa
y las horas del día

a las doce
a la una
a las dos
a las tres
a las cuatro
a las cinco
a las seis
a las siete
a las ocho
a las nueve
a las diez
a las once

A lo largo de todas estas horas Marisa tiene que levantarse, ducharse, desayunar, ir al colegio, aprender, ir al recreo, jugar, pintar, recortar, ir a casa, comer, dormir la siesta, jugar, ver la tele, merendar, jugar, hacer los deberes, cenar, leer, dormir y soñar.

A veces, le sobra una hora, y entonces se queda mirando al cielo y deja que los minutos caigan uno a uno hasta que la hora se acaba.

A veces, le falta una hora y, no sabe muy bien por qué, esa hora suele ser casi siempre la de hacer los deberes.

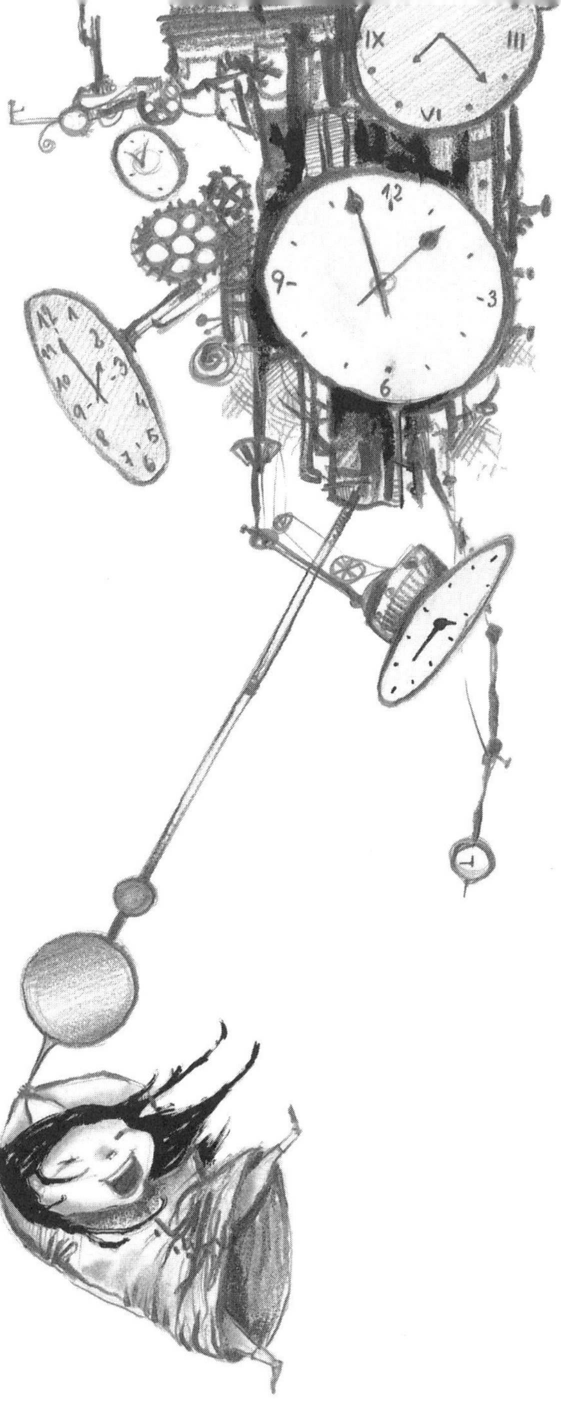

José Vicente y Jorge
se imaginan millonarios

José Vicente y Jorge, tumbados en el sofá, se imaginan lo que pasaría si fueran millonarios.

—Si fuera millonario —dijo José Vicente—, tendría la casa más grande del mundo, con la piscina más grande del mundo, el coche más grande del mundo, y todos los juguetes y los caramelos del mundo. ¿Y tú, Jorge?

—Si yo fuera millonario no haría nada de eso —dijo Jorge.

—¿Nada? —preguntó José Vicente

—Nada. Mido un metro diez, así que en la casa más grande del mundo me perdería; prefiero mi casa, que tengo todo cerca de mi cuarto. No sé nadar, así que en la piscina más grande del mundo me ahogaría; prefiero la de mi tío Fernando, porque es pequeña y en ella hago pie. Mi padre ya tiene problemas para aparcar su coche, que es enano, así que imagínate aparcar uno enorme: nunca llegaríamos a tiempo al cine. Si tuviera todos los juguetes del mundo me pasaría horas y horas para elegir con cuál jugar, y eso sería aburridísimo. En cuanto a los caramelos, lo que me gusta es comerlos de vez en cuando, porque así es como realmente los saboreas. Si tuviera todos los caramelos del mundo me daría un dolor de barriga.

—Entonces, ¿qué harías si fueras millonario? —preguntó José Vicente.

—Me echaría la siesta y luego me iría a jugar al fútbol —dijo Jorge.

Y así lo hicieron.

Joaquín y Jacobo
son idénticos

Joaquín y Jacobo son gemelos idénticos y nadie los puede diferenciar, ni siquiera su madre. Cuando se rompe un jarrón en casa y ella pregunta «¿Quién ha sido?», los dos responden a la vez «Jacobo», y se señalan el uno al otro, y así no castigan a ninguno.

Su madre tuvo una idea. Decidió castigar a los dos hermanos cada vez que uno hacía algo malo. Pero eso no les molestó demasiado. Entonces, se le ocurrió otra cosa. Cada vez que uno hacía algo bueno la recompensa era para ambos.

Eso sí que realmente les molestó.

A partir de ese momento, los dos tuvieron mucho cuidado para que la gente supiera quién era Jacobo y quién era Joaquín.

SIMÓN
Y LOS RUIDOS QUE NO LE GUSTAN

A Simón no le gustan los chillidos:

¡AAAAAAAAAAAAAAHHHHHHHHHHHHHH!

A Simón no le gustan los grifos que gotean lentamente:

tap.........tap.........tap.........tap.........tap.........tap

A Simón no le gusta que le regañen:

«¡SIMÓN! ¿NO HAS RECOGIDO TODAVÍA TUS JUGUETES? ¡CASTIGADO!»

A Simón no le gustan los atascos de los coches:

¡PIPIPIPIPIIIII! MOOOCCCMOOOCCC ¡BRRRMMM!

A Simón no le gusta el tictac de los relojes:

tictac tictac tictac tictac tictac tictac tictac

A Simón no le gusta la gente que habla al mismo tiempo:

«BLABLABLÁ ¡BLABLABLÁ! BLABLABLBLÁ ¿BLABLABLABLÁ? BLABLÁ.»

A Simón no le gusta que pasen la uñas por la pizarra:

iiiiiiiiiiiiiiiiiiiiiiiiiiiiiiiiiiiiiizzzzzzzzzzzzzzzzzzzzzzzzzz

Pero lo que menos le gusta a Simón, lo que menos de todo, es el sonido del silencio absoluto:

«..»

Tito
FUE A PESCAR

Tito fue a pescar. Y pescó:

Una lata de tomate vacía, pero no sabe si a los peces les gusta el tomate frito.

Una caña de pescar, pero no cree que los peces estén pensando en pescar a los humanos.

Un zapato del pie izquierdo, pero no del pie derecho.

Un neumático de coche, pero era demasiado grande para ser de un coche de sardinas.

Un resfriado tremendo...

Y no cree que vuelva a pescar hasta que la gente sea más limpia.

ARMANDO
VA BOCA ABAJO

Armando iba andando por la calle, tropezó y se cayó al suelo, quedándose boca abajo.

Viendo el mundo desde esa posición todo le parecía extraño y fascinante: el cielo era el suelo, la gente estaba al revés, las cosas caían hacia arriba...

Aprendió a andar boca abajo, con las manos como piernas y las piernas como manos.

Algunos pensaron que le faltaba un tornillo.

Otros, que se había vuelto loco.

Pero lo que él quería, simplemente, era ver las cosas desde otra perspectiva.

Un día se cansó de andar así —al final siempre acababa doliéndole la cabeza— y volvió a caminar como los demás.

Pero, de alguna manera, haber estado andando boca abajo durante un tiempo le había dado una visión de las cosas que los demás no tenían.

Pero no sabía explicar el porqué sin ponerse boca abajo.

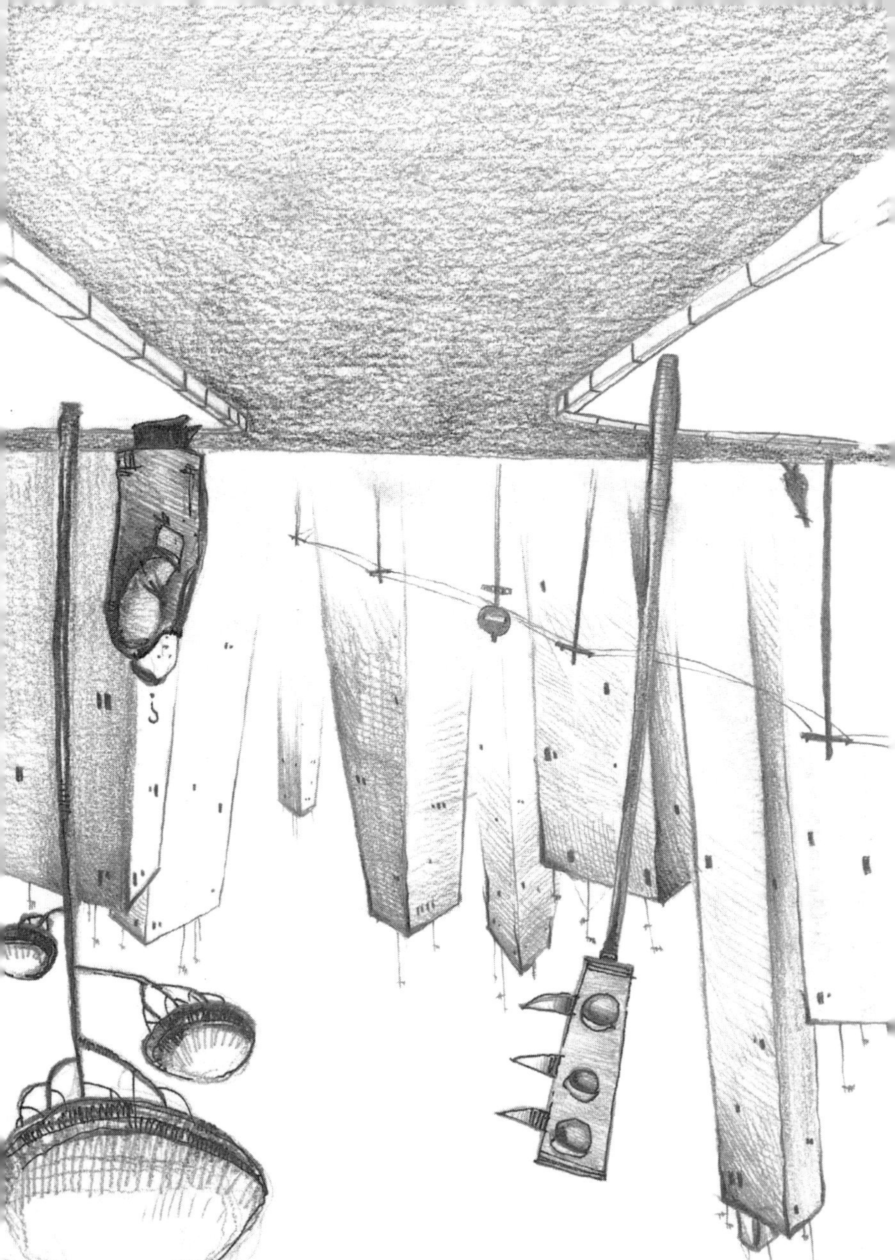

Cristina
y el puzzle

Para la
niña Cristina
hacer un
puzzle a veces es bastante difícil: se
comprueban todas las piezas, que una encaje
con las otras, ver cómo podrían ir juntas sin
saber si son las adecuadas, luego ir formando
y formando los grupos, etc.
Hasta que, sin darse cuenta,
y como por arte de magia,
va surgiendo un dibujo entero
que es un barco, o un paisaje, o un castillo,
o nueve gatitos, o una gran pieza de puzzle,
o quizás cualquier cosa que pueda salir al
final; da igual, lo que realmente le gusta
a Cristina
es el hecho de
acabarlo.

GONZALO,
LOS SABORES
Y EL DOLOR DE BARRIGA

Los sabores que más le gustan a Gonzalo son los dulces, pero también le encantan los salados, los ácidos, los picantes y los agrios. Gonzalo explica así la relación de los sabores con el dolor de barriga:

«Cuando muerdes un pastel relleno de chocolate y lo de dentro estalla en tu boca inundándote de sabor, te dan ganas de que nunca se acabe el chocolate; pero si comes demasiado, del dolor de estómago que te da, piensas que no volverás a probar ningún pastel más en toda tu vida. Sin embargo, cuando estás bien de nuevo, serías capaz de comerte todo el chocolate del mundo.

»Las patatas fritas de bolsa están saladas y muy ricas, pero cuantas más comes, más quieres, y cuanto más saladas están, más sed tienes; y al final acabas comiendo y bebiendo y comiendo y bebiendo y terminas como con el chocolate: con dolor de barriga.

»Cuando lames un limón, la lengua se te arruga, y te recorre un escalofrío por todo el cuerpo. No es que sea muy agradable pero, no sé explicar por qué, tienes ganas de seguir hasta que te encuentras mal.

»De los sabores picante y agrio no quiero ni hablar porque me acabo de comer un pepinillo y está empezando a sentarme mal.

Y Gonzalo se fue corriendo al cuarto de baño dejando la explicación a la mitad.

MARCOS

Y SU NOMBRE

Un día, Marcos quiso hacer una lista con todos los nombres que se podían escribir con las letras del suyo; quería saber cuál le gustaba más:

MARCOS
MORCAS
SARCOM
SORCAM
ROSCAM
RASCOM
COSRAM
CASROM
CORSAM
CARSOM
MARSOC
MORSAC
MASROC
MOSRAC
MACROS
MOCRAS
ASCROM

Al llegar a este último, se cansó y paró. El primer nombre de la lista

MARCOS

ya le gustaba lo suficiente como para tener que seguir buscando.

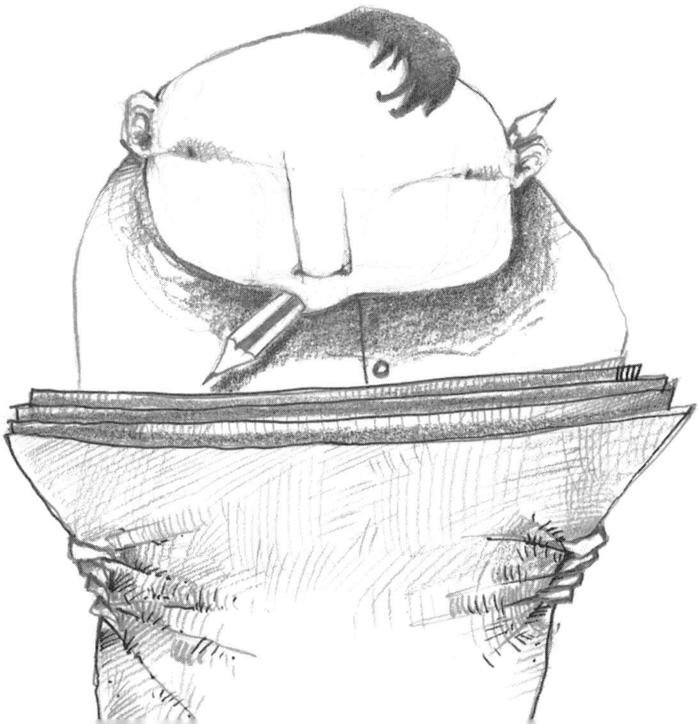

Agustín

ALREDEDOR DEL MUNDO

Agustín empezó su viaje en Cuenca, porque es un sitio tan bueno como cualquier otro para comenzar un viaje. De allí se fue a París saltando con el dedo, porque dicen que París es la ciudad del amor y tiene que estar en todo viaje alrededor del mundo que se precie. Pasó por Roma rápidamente, y de allí a las pirámides de Egipto sin perder tiempo; una breve estancia en Moscú y de la capital rusa a la India, porque no vas a hacer un viaje alrededor del mundo sin hacer una paradita en Bombay.

Ya que China y Japón quedaban cerca, de dos saltos pasó por allí. Aprovechó para probar la comida china y luego la comida japonesa —que resulta que no se parecen en nada—, y luego bajó hacia Australia para ver a los canguros, cosa que le apetecía enormemente. Tenía los dedos cansados de tanto ir de aquí para allá, pero le quedaron fuerzas para saltar el océano Pacífico hasta llegar a Nueva Orleáns, donde escuchó jazz; y desde el río Misisipí cruzó hasta el río Amazonas, en Brasil, donde no dejó de bailar samba; porque en un viaje alrededor del mundo hay que divertirse todo lo que se pueda. Tenía ganas de volver a casa, así que cogió impulso y de un salto imposible se plantó en Cuenca de nuevo.

Agustín cerró el atlas que tenía abierto por el inmenso mapa del mundo. Le dolían los dedos, cansados de ir de un país a otro. Pensó: «En mi próximo viaje alrededor del mundo tengo que pasar por el Polo Norte». Y así lo hizo.

Ana

COLECCIONA COSAS RARAS

Ana no colecciona ni cromos, ni muñecas, ni fascículos, ni juguetes; solo colecciona cosas muy raras, cosas que a nadie más que a ella le interesan.

Colecciona los envoltorios de todos los caramelos que ha comido en su vida, y en cada uno de ellos escribe la fecha y la hora en que se los comió.

Colecciona canciones en inglés para tararear. Las guarda porque, cuando sea mayor, aprenderá inglés, y entonces sabrá lo que dicen y será una sorpresa tremenda para las canciones, que no se lo esperan.

Colecciona todas las nubes con formas de cosas que ha visto en su vida: dibuja en una libreta cómo era cada nube, y apunta a qué se parecía.

Colecciona las veces que le ha mirado Víctor, el niño de la clase de al lado que le gusta. Cuando se atreva a hablar con él, le contará lo de su colección.

«Seguro que el muy despistado no tiene ni idea de las veces que me ha mirado», piensa Ana. Y tiene razón.

Kevin
y su amigo imaginario

Kevin tenía un amigo imaginario que se llamaba Gustavo.

Iba con él a todas partes, le contaba sus problemas, sus chistes, sus pensamientos.

Los demás niños de su clase se dieron cuenta de las ventajas de tener un amigo imaginario, y cada uno de ellos se inventó el suyo.

Era muy extraño ver a todos los niños solos en el patio, hablando y jugando con alguien invisible a su lado.

Un día, todos los amigos imaginarios de los niños de la clase de Kevin se hicieron amigos y se fueron a una clase imaginaria con una profesora imaginaria.

Kevin y los demás niños pensaron que lo mejor era tener amigos reales, hacerce amigos unos de otros, porque así sería más divertido jugar al fútbol.

Lo malo fue que, cuando llegaron al patio, los niños imaginarios estaban ocupando el campo y tuvieron que esperar a que acabaran.

JAIME
QUIERE SER ESCRITOR

Jaime quiere ser escritor. Un día se inventó un cuento de seis líneas con un bonito título:

ANTONIO ES EL NIÑO MÁS GRANDE DEL MUNDO

Antonio es el niño más grande del mundo, y en uno de sus zapatos caben treinta niños. Claro que a ningún niño se le ocurriría meterse en el zapato de otro, y menos en el de un niño gigante al que no le gusta bañarse.

Este es el cuento que Jaime escribió para la clase de redacción.

Su profesora le dijo que estaba incompleto, que debería haber escrito algo acerca de los padres del niño, si el gigante medía más que una montaña o si cada vez que comía se merendaba veinte vacas de una sentada.

Jaime le dijo que eso eran cosas que cualquier niño se puede plantear a la hora de escribir acerca de un niño gigante, pero que a él, como escritor, lo único que le interesaba realmente era lo del zapato.

GUILLERMO
NO TIENE REMEDIO

«Guillermo no tiene remedio», decía su madre a todas horas.

Y de tanto repetírlo, él acabó por creérselo.

Si antes era malo, se volvió mucho peor.

Si antes fastidiaba a los otros niños, ahora les fastidiaba el doble.

Cuando le preguntaban por qué era así, él decía que porque no tenía remedio, y cuando no tienes remedio no hay manera de cambiar.

Nunca sabremos lo que habría pasado si alguien le hubiera dicho que todo en esta vida tiene remedio.

Incluso él.

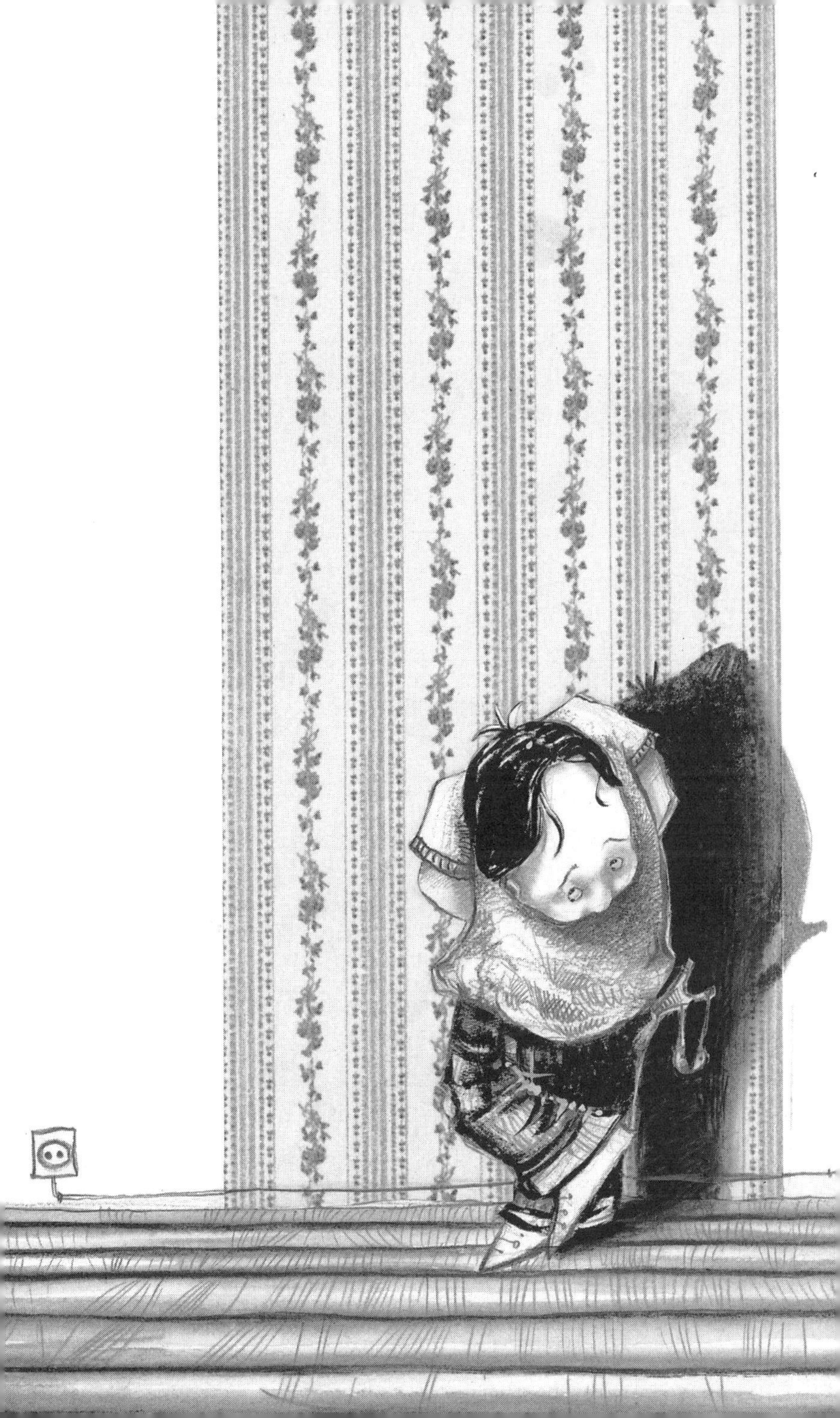

JOSEFINA
ODIA LA CEBOLLA

«Hay niños que odian los pimientos, o las alcachofas, o las judías verdes, o la coliflor, pero no conozco a ningún niño al que no le gusten las patatas fritas o los pasteles. Yo odio la cebolla.» Esto es lo que dijo Josefina a su madre cuando le puso el plato de atún con cebolla en la mesa. «¿Cómo sabes si te gusta o no te gusta si ni siquiera lo has probado?» le preguntó su madre.

«No me gusta y no me gusta y no me gusta y ya está», chilló Josefina dejando el tenedor y cruzándose de brazos. «Pues, hasta que no lo pruebes no te vas a levantar de la mesa», aseguró su madre muy enfadada.

Eran las DOS de la tarde cuando su madre le dio este ultimátum. Dieron las TRES de la tarde y Josefina ni se había movido. Dieron las CUATRO y Josefina no había probado la cebolla. Dieron las CINCO y Josefina jugó con la comida y el tenedor, pero no comió nada. Dieron las SEIS y Josefina durmió una siesta sin levantarse de la mesa. Dieron las SIETE y Josefina seguía sin probar nada. A las OCHO Josefina ya no podía más. Y a las NUEVE Josefina podía incluso menos. Dieron las DIEZ y su familia acabó de cenar sin que nadie le quitara a Josefina el plato de la mesa. A las ONCE Josefina llamó a gritos a su madre.

Delante de ella, y con mucho mucho asco, se metió un poco de cebolla en la boca, lo masticó y se lo tragó.

Y le gustó muchísimo.

Roberto

SALVA EL MUNDO

Roberto miró la calle que tenía frente a él. Estaba toda formada de baldosas rojas y blancas. Pensó: «Voy a atravesar la calle pisando solo las baldosas rojas; si piso las blancas el mundo se destruirá en menos de un segundo».

Roberto comenzó su misión saltando de baldosa roja en baldosa roja. Cuanto más avanzaba, más se complicaban las cosas, porque las baldosas se iban separando mucho unas de otras.

En uno de sus

SALTOS,

sin querer, pisó una baldosa blanca.

Se quedó mudo, quieto, contó un segundo y esperó lo peor con los ojos cerrados.

No pasó nada.

Roberto pensó: «Voy a atravesar la calle pisando solo las baldosas rojas; si piso las blancas el mundo se destruirá en menos de un segundo. Tengo tres oportunidades».

Roberto acabó de cruzar la calle sin cometer ningún otro error.

Y así fue como Roberto salvó el mundo.

LEONOR
SE PERDIÓ EN EL BOSQUE

Leonor
se
perdió
en
el
bosque
y
no
encontraba
el
camino.
Le
preguntó
a
los
arbustos:
«¿Cómo
salgo
de
este
sitio?»,
y
ellos

venido».
has
donde
por
siempre
se sale
sitios
los
todos
De
sitio.
mismo
el
por
siempre
sale
se
sitios
los
todos
«De
respondieron:
le

Índice